桃の花が咲いていた

山之口貘

童話屋

目次

貘さんのはなし

自己紹介……10
十二月……12
ひそかな対決……14
喰人種……16
博学と無学……18
ある医師……20
生きる先々……22
天……24
論旨……26
人の酒……28
珈琲店……30
首……32

相子……34
応召……36

結婚のはなし

求婚の広告……40
友引の日……42
畳……44
結婚……46
座蒲団……48
思ひ出……50
表札……54
萎びた約束……56
処女詩集……60

貧乏のはなし

野次馬……64
首をのばして……66
年越の詩……68
深夜……70
借金を背負って……74
影……78
柄にもない日……80
借り貸し……82
たぬき……84

女房のはなし

元旦の風景……88
ある家庭……90
かれの奥さん……92
石に雀……94

鮪に鰯 98
頭をかかえる宇宙人 100

ミミコのはなし

桃の花 106
ぼすとんばっぐ 108
巴 110
ヤマグチイズミ 112
ミミコの独立 114
ミミコ 116
縁側のひなた 118
親子 120
たねあかし 122
月見草談義 124

晩年のはなし

ねずみ……128
世はさまざま……130
耳と波上風景……132
芭蕉布……136
喪のある景色……138

告別式……142

序文　佐藤春夫……148
序文　金子光晴……150
あとがき……154

装幀・画　島田光雄

貘さんのはなし

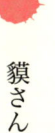

自己紹介

ここに寄り集つた諸氏よ
先ほどから諸氏の位置に就て考へてゐるうちに
考へてゐる僕の姿に僕は気がついたのであります

僕ですか？
これはまことに自惚れるやうですが
びんぼうなのであります。

十二月

銀杏の落葉に季節の音を踏んで
訪ねて見えたはじめての
若いジャーナリストがふしぎそうに
ぼくの顔のぐるりを見廻して云うのだ

こんな大きなりっぱな家に
お住いのこととは知らなかったと云うのだ

それで御用件はとうかがえば
かれは頭をかいてまたしも
あたりを見廻して云うのだ

それが実は申しわけありません
十二月の随筆をおねがいしたいのだが
書いていただきたいのはつまり先生の
貧乏物語なんですと云うのだ

ひそかな対決

ぱあではないかとぼくのことを
こともあろうに精神科の
著名なある医学博士が言ったとか
たった一篇ぐらいの詩をつくるのに
一〇〇枚二〇〇枚だのと
原稿用紙を屑にして積み重ねる詩人なのでは
ぱあではないかと言ったとか
ある日ある所でその博士に

はじめてぼくがお目にかかったところ
お名前はかねがね
存じ上げていましたとかで
このごろどうです
詩はいかがですかと来たのだ
いかにもとぼけたことを言うもので
ぱあにしてはどこか
正気にでも見える詩人なのか
お目にかかったついでにひとつ
博士の診断を受けてみるかと
ぼくはおもわぬのでもなかったのだが
お邪魔しましたと腰をあげたのだ

喰人種

噛つた
父を噛つた
人々を噛つた
友人達を噛つた
親友を噛つた
親友が絶交する
友人達が面会の拒絶をする

人々が見えなくなる
父はとほくぼんやり坐つてゐるんだらう
街の甍の彼方
うすぐもる旅愁をながめ
枯草にねそべつて
僕は
人情の歯ざはりを反芻する。

博学と無学

あれを読んだか
これを読んだかと
さんざん無学にされてしまった揚句
ぼくはその人にいった
しかしヴァレリーさんでも
ぼくのなんぞ
読んでない筈だ

ある医師

銀座でいきなり
こえかけられて
お茶のごちそうにあずかり
巻たばこなんぞすすめられたりして
すっかりこちらが恐縮していると
こんどは名刺を
差し出された
なにかのときには是非どうぞと云うのだ

みると名刺には
医師とあった
ぼくはひそかにかれの
医専時代を知っていた
なんども繰り返し落第していたのだが
もうその心配もなくなったのか
医師はいかにもせいせいと
そこに社会を
まるめるみたいにして
生えたばかりの
鼻ひげをつけていた

生きる先々

僕には是非とも詩が要るのだ
かなしくなっても詩が要るし
さびしいときなど詩がないと
よけいにさびしくなるばかりだ
僕はいつでも詩が要るのだ
ひもじいときにも詩を書いたし
結婚したかったあのときにも
結婚したいという詩があった

結婚してからもいくつかの結婚に関する詩が出来た
おもえばこれも詩人の生活だ
ぼくの生きる先々には
詩の要るようなことばっかりで
女房までがそこにいて
すっかり詩の味おぼえたのか
このごろは酸っぱいものなどをこのんでたべたりして
僕にひとつの詩をねだるのだ
子供が出来たらまたひとつ
子供の出来た詩をひとつ

天

草にねころんでゐると
眼下には天が深い

風
雲
太陽
有名なもの達の住んでゐる世界

天は青く深いのだ
みおろしてゐると
体軀が落つこちさうになつてこわいのだ
僕は草木の根のやうに
土の中へもぐり込みたくなつてしまふのだ。

論旨

徹底しろ、と僕に言つたつて
徹底する位なら
僕は浮浪人には徹底なんかしたくないのである

金がなくて困まつてゐる、と僕に話したつて
金がなくては困まるのである

それが僕よりも困まつてゐると僕に説いたつて
僕よりも困まつてゐては
話がそれは困まるのである

要するにこの男
どこまで僕をこわがるか
話をみないであんまり僕ばつかりをみてゐると
いまにみてゐろ
金を呉れと言ひ出すから。

人の酒

飲んでうたっておどったが
翌日その店の名をきかれて
ぼくは返事にこまった
人の酒ばかりを
飲んで歩いているので
店の名などいらないのだ

珈琲店

のんでものまなくても
ぼくはかならずなのだ
一日に一度はこの珈琲店に来て
いかにもこのように
ひとやすみしているのだ
置き手紙の男はそれを知っているからで
この間の金を至急に
返してほしいと来たわけなのだ

首

はじめて会ったその人がだ
一杯を飲みほして
首をかしげて言った
あなたが詩人の貘さんですか
これはまったくおどろいた
詩から受ける感じの貘さんとは
似てもつかない紳士じゃないですかと言った

ぼくはおもわず首をすくめたのだが
すぐに首をのばして言った
詩から受ける感じのぼろ貘と
紳士に見えるこの貘と
どちらがほんものの貘なんでしょうかと言った
するとその人は首を起して
さあそれはと口をひらいたのだが
首に故障のある人なのか
またその首をかしげるのだ

相子《あいこ》

どさくさまぎれの汽車にのっていて
ぼくは金入を掏られたのだ
掏られてふんがいしていると
ふんがいしているじぶんのことが
おかしくなってふき出したくなって来た
まあそうふんがいしなさんなと
とんまな自分に言ってやりたくなったのだ
もっとも金入にいれておくほどの

お金なんぞはなかったが
金入のなかはみんなの名刺ばかりで
はちきれそうにふくらんでいたのだ
いまごろは掏った奴もまた
とんまな顔つきをして
名刺ばかりのつまった金入に
ふんがいしているのかも知れないのだ
奴はきっと
鉄橋のうえあたりに来て
そっとその金入を
窓外に投げ棄てたのかも知れないのだ

応召

こんな夜更けに
誰が来て
のっくするのかと思ったが
これはいかにも
この世の姿
すっかりかあきい色になりすまして
すぐに立たねばならぬという

すぐに立たねばならぬという
この世の姿の
かあきい色である
おもえばそれはあたふたと
いつもの衣を脱ぎ棄てたか
あの世みたいににおっていた
お寺の人とは
見えないよ

結婚のはなし

求婚の広告

一日もはやく私は結婚したいのです
結婚さへすれば
私は人一倍生きてゐたくなるでせう
かやうに私は面白い男であると私もおもふのです
面白い男と面白く暮したくなつて
私ををつとにしたくなつて
せんちめんたるになつてゐる女はそこらにゐませんか

さつさと来て呉れませんか女よ
見えもしない風を見てゐるかのやうに
どの女があなたであるかは知らないが
あなたを
私は待ち侘びてゐるのです

友引の日

なにしろぼくの結婚なので
さうか結婚したのかさうか
結婚したのかさうか
さうかさうかとうなづきながら
向日葵みたいに咲いた眼がある
なにしろぼくの結婚なので
持参金はたんまり来たのかと
そこにひらいた厚い唇もある

なにしろぼくの結婚なので
いよいよ食へなくなつたらそのときは別れるつもりで結婚したのかと
もはやのぞき見しに来た顔がある
なにしろぼくの結婚なので
女が傍にくつついてゐるうちは食へるわけだと云つたとか
そつぽを向いてにほつた人もある
なにしろぼくの結婚なので
食ふや食はずに咲いたのか
あちらにこちらに咲きみだれた
がやがやがやがやがや
がやがやの
この世の杞憂の花々である。

畳

なんにもなかつた畳のうへに
いろんな物があらはれた
まるでこの世のいろんな姿の文字どもが
声をかぎりに詩を呼び廻はつて
白紙のうへにあらはれて来たやうに
血の出るやうな声を張りあげては
結婚生活を呼び呼びして

をつとになつた僕があらはれた
女房になつた女があらはれた
桐の箪笥があらはれた
薬罐と
火鉢と
鏡台があらはれた
お鍋や
食器が
あらはれた

結婚

詩は僕を見ると
結婚々々と鳴きつゞけた
おもふにその頃の僕ときたら
はなはだしく結婚したくなつてゐた
言はゞ
雨に濡れた場合
風に吹かれた場合
死にたくなつた場合などゝこの世にいろいろの場合があつたにしても

そこに自分がゐる場合には
結婚のことを忘れることが出来なかつた
詩はいつもはつらつと
僕のゐる所至る所につきまとつて来て
結婚々々と鳴いてゐた
僕はとうとう結婚してしまつたが
詩はとんと鳴かなくなつた
いまでは詩とはちがつた物がゐて
時々僕の胸をかきむしつては
箪笥の影にしやがんだりして
おかねが
おかねがと泣き出すんだ。

座蒲団

土の上には床がある
床の上には畳がある
畳の上にあるのが座蒲団でその上にあるのが楽といふ
楽の上にはなんにもないのであらうか

どうぞおしきなさいとすゝめられて
楽に坐つたさびしさよ
土の世界をはるかにみおろしてゐるやうに
住み馴れぬ世界がさびしいよ

思ひ出

枯芝みたいなそのあごひげよ
まがりくねつたその生き方よ
おもへば僕によく似た詩だ
るんぺんしては
本屋の荷造り人
るんぺんしては
煖房屋

るんぺんしては
お灸屋
るんぺんしては
おわい屋と
この世の鼻を小馬鹿にしたりこの世のこころを泥んこにしたりして
詩は、
その日その日を生きながらへて来た
おもへば僕によく似た詩だ
やがてどこから見つけて来たものか
詩は結婚生活をくわへて来た
あゝ
おもへばなにからなにまでも僕によく似た詩があるもんだ

ひとくちごとに光つては消えるせつないごはんの粒々のやうに
詩の唇に光つては消える
茨城生れの女房よ
沖縄生れの良人よ

表札

ぼくの一家が月田さんのお宅に
御厄介になってまもなくのことなんだ
郵便やさんから叱られてはじめて
自分の表札というものを
門の柱にかかげたのだ
表札は手製のもので
自筆のペン字の書体を拡大し
念入りにそれを浮彫りにしたのだ

ぼくは時に石段の下から
ふり返って見たりして街へ出かけたのだ
ところがある日ぼくは困って
表札を取り外さないではいられなかった
ぼくのにしてはいささか
豪華すぎる表札なんで
家主の月田さんがいかにも
山之口貘方みたいに見えたのだ

萎びた約束

結婚したばかりの若夫婦の家なので
お気の毒とはおもいながらも
二ヵ月ほどのあいだをと
むりにたのんでぼくの一家を
この家の六畳の間においてもらったのだ
若夫婦のところにはまもなくのこと
女の子が生れたので
ぼくのところではほっとしたのだ

つぎに男の子が生れて
ぼくのところではまたほっとしたのだ
現在になってはそのつぎのが
まさに生れようとしているので
ぼくのところではそのうちに
またまたほっとすることになるわけなのだ
それにしてもなんと
あいだのながい二ヵ月なのだ
すでに五年もこの家のお世話になって
萎びた約束を六畳の間に見ていると
このまま更にあとなんねんを
ぷらすのお世話になることによって

いこおる二ヵ月ほどになるつもりなのかと
ぼくのところではそのことばかりを
考えないでは一日もいられないのだが
いつ引越しをするのかとおもうと
お金のかかる空想になってしまって
引越してみないことには解けないのだ

処女詩集

「思弁の苑」というのが
ぼくのはじめての詩集なのだ
その「思弁の苑」を出したとき
女房の前もかまわずに
こえはりあげて
ぼくは泣いたのだ
あれからすでに十五、六年も経ったろうか

このごろになってはまたそろそろ
詩集を出したくなったと
女房に話しかけてみたところ
あのときのことをおぼえていやがって
詩集を出したら
また泣きなと来たのだ

貧乏のはなし

野次馬

これはおどろいたこの家にも
テレビがあったのかいと来たのだが
食うのがやっとの家にだって
テレビはあって結構じゃないかと言うと
貰ったのかいそれとも
買ったのかいと首をかしげるのだ
どちらにしても勝手じゃないかと言うと
買ったのではないだろう

貰ったのだろうと言うわけなのだが
いかにもそれは真実その通りなのだが
おしつけられては腹立たしくて
余計なお世話をするものだと言うと
またしてもどこ吹く風なのか
まさかこれではあるまいと来て
物を掴むしぐさをしてみせるのだ

首をのばして

出版記念会と来ると
首をすくめてそれを見送り
歓送会と来ると
首をすくめてそれを見送り
祝賀会と来ると
首をすくめてそれを見送り
歓迎会と来ると
首をすくめてそれを見送り

会あるたんびに
首をすくめては
いろんな会を見送って来た
ある日またかとおもって
首をすくめていると
いいえお顔だけで結構なんです
会費の御心配など
いらないんですと言う

年越の詩《うた》

詩人というその相場が
すぐに貧乏と出てくるのだ
ざんねんながらぼくもぴいぴいなので
その点詩人の資格があるわけで
至るところに借りをつくり
質屋ののれんもくぐったりするのだ
書く詩も借金の詩であったり

詩人としてはまるで
貧乏ものとか借金ものとか
質屋ものとかの専門みたいな
詩人なのだ
ぼくはこんなぼくのことをおもいうかべて
火のない火鉢に手をかざしていたのだが
ことしはこれが
入れじまいだとつぶやきながら
風呂敷包に手をかけると
恥かきじまいだと女房が手伝った

深夜

これをたのむと言いながら
風呂敷包にくるんで来たものを
そこにころがせてみせると
質屋はかぶりを横に振ったのだ
なんとかならぬかとたのんでみるのだが
質屋はかぶりをまた振って
おあずかりいたしかねるとのことなのだ

なんとかならぬものかと更にたのんでみると
質屋はかぶりを振り振りして
いきものなんてのはどうにも
おあずかりいたしかねると言うのだ
死んではこまるので
お願いに来たのだと言うと
質屋はまたまたかぶりを振って
いきものなんぞおあずかりしたのでは
餌代にかかって
商売にならぬと来たのだ
そこでどうやらぼくの眼がさめた

明りをつけると
いましがたそこに
風呂敷包からころがり出たばかり
娘に女房が
寝ころんでいるのだ

借金を背負って

借りた金はすでに
じゅうまんえんを越えて来た
これらの金をぼくに
貸してくれた人々は色々で
なかには期限つきの条件のもあり
いつでもいいよと言ったのもあり

あずかりものを貸してあげるのだから
なるべく早く返してもらいたいと言ったのや
返すなんてそんなことなど
お気にされては困ると言うのもあったのだ
いずれにしても
背負って歩いていると
重たくなるのが借金なのだ
その日ぼくは背負った借金のことを
じゅうまんだろうがなんじゅうまんだろうが
一挙に返済したくなったような
さっぱりしたい衝動にかられたのだ

ところが例によって
その日にまた一文もないので
借金を背負ったまま
借りに出かけたのだ

影

泡盛屋に来て
泡盛を前にしているところを
うしろからぽんと
肩をたたかれた
ふりむいてみるとまたかれなのだが
いつぞや駅前のひろばで
ぽんと肩をたたいたのもかれ

満員電車の吊皮の下で
ぽんと肩をたたいたのもかれで
乗ったり歩いたり飲んだりも
うっかりは出来なくなってしまったのだ
かれはいつでもぼくのことを
うしろからばかり狙って来て
ぽんと肩をたたいては
ひとなつっこそうなまなざしをして
このあいだのあの金
いつ返すんだいとくるのだ

柄にもない日

ぼくはその日
借りを返したのだが
ぼくにしては似てもつかない
まちがったことをしたみたいな
柄にもない日があるものだ

だから鬼までがきまりわるそうにし
ぼくの返したその金をうけとりながら
おかげでたすかったと
礼をのべるのだ

借り貸し

たのむ
たのむと拝み倒して
ぼくはその人に借りたのだが
その人はその金の
催促に来て
まるでぼくのことを拝み倒すみたいに
たのむ
たのむと言うのだ

たぬき

てんぷらの揚滓それが
たぬきそばのたぬきに化け
たぬきうどんの
たぬきに化けたとしても
たぬきは馬鹿に出来ないのだ
たぬきそばはたぬきのおかげで
てんぷらそばの味にかよい
たぬきうどんはたぬきのおかげで

てんぷらうどんの味にかよい
たぬきのその値がまたたぬきのおかげで
てんぷらよりも安あがりなのだ
ところがとぼけたそば屋じゃないか
たぬきはお生憎さま
やっていないんですなのに
てんぷらでしたらございますなのだ
それでぼくはいつも
すぐそこの青い暖簾を素通りして
もう一つ先の
白い暖簾をくぐるのだ

女房のはなし

元旦の風景

正月三ヵ日はどこでも
朝はお雑煮を
いただくもので
仕来たりなんじゃありませんか
女房はそう言いながら
雑煮とやらの
仕来たりをたべているのだ

ぼくはだまって
味噌汁のおかわりをしたのだが
正月も仕来たりもないもので
味噌汁ぬきの朝なんぞ
食ったみたいな
感じがしないのだ

ある家庭

またしても女房が言ったのだ
ラジオもなければテレビもない
電気ストーブも電話もない
ミキサーもなければ電気冷蔵庫もない
電気掃除機も電気洗濯機もない
こんな家なんていまどきどこにも
あるもんじゃないやと女房が言ったのだ

亭主はそこで口をつぐみ
あたりを見廻したりしているのだが
こんな家でも女房が文化的なので
ないものにかわって
なにかと間に合っているのだ

かれの奥さん

煙草を吸えば吸うたんびに
吸いすぎるだのなんだのと来て
いまにも肺癌とかに
なるみたいなことを云い
酒を飲めば飲むたんびにだ
飲みすぎるんだのなんだのと来て
すぐにも胃潰瘍だか胃癌だかで
死ぬより外にはないみたいなことを云い

帰りが夜なかになったりすると
おそすぎるんだのなんだのとはじまって
隠し女があるんだのとわめき立て
安眠の妨害をするとのことなのだ
それでかれは昨夜もまた
なぐりつけたと云うのだが
亭主のふるまいはとにかくとしてだ
よく似た奥さんもあるもので
うちのだけではないようだ

石に雀

ペンを投げ出したのが
暁方なのに
寝たかとおもうと
挺子を仕掛ける奴がいて
いつまで寝ているつもりなんですか
起きてはどうです
起きないいんですかとくるのだ

何時なんだい
と寝返りをうつと
何時もなにもあるもんですか
お昼というのにいつまでも
寝っころがっていてなんですかとくるのだ
降っているのかい
とまた寝返りをうつと
照っているのに
ねぼけなさんなとくるんだ
降っている音がしているんじゃないか
雨じゃないのかい

と重い頭をもたげてみると
女房は箒の手を休め
トタン屋根の音に耳を傾けたのだが
あし音なんです
雀の　と来たのだ

鮪に鰯

鮪の刺身を食いたくなったと
人間みたいなことを女房が言った
言われてみるとついぼくも人間めいて
鮪の刺身を夢みかけるのだが
死んでもよければ勝手に食えと
ぼくは腹だちまぎれに言ったのだ
女房はぷいと横にむいてしまったのだが

亭主も女房も互に鮪なのであって
地球の上はみんな鮪なのだ
鮪は原爆を憎み
水爆にはまた脅やかされて
腹立ちまぎれに現代を生きているのだ
ある日ぼくは食膳をのぞいて
ビキニの灰をかぶっていると言った
女房は箸を逆さに持ちかえると
焦げた鰯のその頭をこづいて
火鉢の灰だとつぶやいたのだ

頭をかかえる宇宙人

青みがかったまるい地球を
眼下にとおく見おろしながら
火星か月にでも住んで
宇宙を生きることになったとしてもだ
いつまで経っても文なしの
胃袋付の宇宙人なのでは

いまに木戸からまた首がのぞいて
米屋なんです　と来る筈なのだ
すると女房がまたあわてて
お米なんだがどうします　と来る筈なのだ
するとぼくはまたぼくなので
どうしますもなにも
配給じゃないか　と出る筈なのだ
すると女房がまた角を出し
配給じゃないかもなにもあるものか
いつまで経っても意気地なしの
文なしじゃないか　と来る筈なのだ

そこでぼくがついまた
かっとなって女房をにらんだとしてもだ
地球の上での繰り返しなので
月の上にいたって
頭をかかえるしかない筈なのだ

ミミコのはなし

桃の花

いなかはどこだと
おともだちからきかれて
ミミコは返事にこまったと言うのだ
こまることなどないじゃないか
沖縄じゃないかと言うと
沖縄はパパのいなかで
茨城がママのいなかで
ミミコは東京でみんなまちまちと言うのだ

それでなんと答えたのだときくと
パパは沖縄で
ママが茨城で
ミミコは東京と答えたのだと言うと
一ぷくつけて
ぶらりと表へ出たら
桃の花が咲いていた

ぼすとんばっぐ

ぼすとんばっぐを
ぶらさげているので
ミミコはふしぎな顔をしていたが
いつものように
手を振った
いってらっしゃいと
手を振った

ぼくもまたいつものように
いってまいりまあすとふりかえったが
まもなく質屋の
門をくぐったのだ

巴

おまえのお供はつらいと言うと
んじゃこうやってまっててよと来て
ミミコは鼻をつまんでみせるのだ
そこでぼくは鼻をつまんで
おおくちゃいと言ったところ
うそだいミミコなんか
くちゃいんじゃないやと言うのだ

ミミコのうんこでもごめんだと言うと
かあさんなんかいつだって
おおいいにおいって
いうんだもんと来たのだ
いうんだものと来たのだが
失礼なことを言うかあさんだ
いつでも鼻をつまんでしまうくせに
そしてそのまたはなごえで
おおいいにおいって言うからだ

ヤマグチイズミ

きけば答えるその口もとには
迷い子になってもその子がすぐに
戻って来る筈の仕掛がしてあって
おなまえはときけば
ヤマグチイズミ
おかあさんはときけば
ヤマグチシズエ

おとうさんはときけば
ヤマグチジュウサブロウ
おいくつときけば
ヨッツと来るのだ
ところがこの仕掛おしゃまなので
時には土間にむかって
オーイシズエと呼びかけ
時には机の傍に寄って来て
ジュウサブロウヤとぬかすのだ

ミミコの独立

とうちゃんの下駄なんか
はくんじゃないぞ
ぼくはその場を見て言ったが
とうちゃんのなんか
はかないよ
とうちゃんのかんこをかりてって
ミミコのかんこ
はくんだ　と言うのだ

こんな理窟をこねてみせながら
ミミコは小さなそのあんよで
まな板みたいな下駄をひきずって行った
土間では片隅の
かますの上に
赤い鼻緒の
赤いかんこが
かぼちゃと並んで待っていた

ミミコ

おちんちんを忘れて
うまれて来た子だ
その点だけは母親に似て
二重のまぶたやそのかげの
おおきな目玉が父親なのだ
出来は即ち茨城県と
沖縄県との混血の子なのだ

うるおいあるひとになりますようにと
その名を泉とはしたのだが
隣り近所はこの子のことを呼んで
いずみこちゃんだの
いみこちゃんだの
いみちゃんだのと来てしまって
泉にその名を問えばその泉が
すまし顔して
ミミコと答えるのだ

縁側のひなた

年を問われると小さなその指を
だまって四つとそろえたのだが
お口はないのかなと言うと
口をとんがらかして
よっつと言い
膝の上にのっかって来ては
パパのしらがをぬくんだと言うのだ

いつのまにだかこのパパも
しらがと言われる白いものを
頭のところどころに植えては来たのだが
ミミコがたった四つと来たのでは
四十五歳のパパは大あわて
しらがはすぐに植えつけねばならぬので
ひなたぼっこもなにもあるものか
ミミコをお嫁にやるそのころまでに
白一色の頭に仕上げておいて
この腰なども
ひん曲げておかねばならぬのだ

親子

大きくひらいたその眼からして
ミミコはまさに
この父親似だ
みればみるほどぼくの顔に
似てないものはひとつもないようで
鼻でも耳でもそのひとつひとつが
ぼくの造作そのままに見えてくるのだ

ただしかしたったひとつだけ
ひそかに気を採んでいたことがあって
歩き方までもあるいはまた
父親のぼくみたいな足どりで
いかにももつれるみたいに
ミミコも歩き出すのではあるまいかと
ひそかにそのことを気にしていたのだ
まもなくミミコは歩き出したのだが
なんのことはない
よっちよっちと
手の鳴る方へ
まっすぐに地球を踏みしめたのだ

たねあかし

この日一家を引き連れて
疎開地から東京に移り
練馬の月田家に落ちついた
ミミコはあたりを見廻していたのだが
ふたばんとまったらまたみんなで
いなかのおうちへ
かえるんでしょうときくのだ
ぼくはかぶりを横に振ったのだが

疎開当時のぼくはいかにも
鉄兜などをかむってはたびたび
二晩泊りの上京をしたものだ
ミミコはやがて庭の端から戻ったのだが
とうきょのおにわってどこにも
はきだめなんか
ないのかしらと来たのだ
ぼくはあわてて腰をあげてしまい
田舎の庭の一隅をおもい出しながら
おしっこだろうときけばずばり
こっくりと来てすまし顔だ

月見草談義

昼間の明るいうちは眼をつむり
昨日の花もみすぼらしげに
萎びてねじれたほそい首を垂れ
いまが真夜なかみたいな風情をして
陽の照るなかをうつらうつら
夢から夢を追っているのだ

やがて日暮れになると朝が来たみたいに
露の気配でめをさますのか
ぽっかりと蕾をひらいて身ぶるいし
身ぶるいをしてはぽっかりと
黄色い蕾をひらくのだが
真夜なかともなれば一斉にめざめていて
真昼顔して生きる草なのだ
ぼくはそれでその月見草のことを
梟みたいな奴だと云うのだが
うちの娘に云わせると
パパみたいな奴なんだそうな

晩年のはなし

ねずみ

生死の生をほっぽり出して
ねずみが一匹浮彫みたいに
往来のまんなかにもりあがっていた
まもなくねずみはひらたくなった
いろんな
車輪が
すべって来ては
あいろんみたいにねずみをのした

ねずみはだんだんひらたくなった
ひらたくなるにしたがって
ねずみは
ねずみ一匹の
ねずみでもなければ一匹でもなくなって
その死の影すら消え果てた
ある日　往来に出て見ると
ひらたい物が一枚
陽にたたかれて反っていた

世はさまざま

人は米を食つてゐる
ぼくの名とおなじ名の
貘といふ獣は
夢を食ふといふ
羊は紙も食ひ
南京虫は血を吸ひにくる
人にはまた
人を食ひに来る人や人を食ひに出掛ける人もある

さうかとおもふと琉球には
うむまあ木といふ木がある
木としての器量はよくないが詩人みたいな木なんだ
いつも墓場に立つてゐて
そこに来ては泣きくづれる
かなしい声や涙で育つといふ
うむまあ木といふ風変りな木もある。

耳と波上風景

ぼくはしばしば
波上《なんみん》の風景をおもい出すのだ
東支那海のあの藍色
藍色を見おろして
巨大な首を据えていた断崖
断崖のむこうの
慶良間島

芝生に岩かげにちらほらの
浴衣や芭蕉布の遊女達
ある日は竜舌蘭や阿旦など
それらの合間に
とおい水平線
へり舟と
山原船の
なつかしい海
沖縄人のおもい出さずにはいられない風景
ぼくは少年のころ
耳をわずらったのだが

あのころは波上に通って
泳いだりもぐったりしたからなのだ
いまでも風邪をひいたりすると
わんわん鳴り出す
おもい出の耳なのだ

芭蕉布

上京してからかれこれ
十年ばかり経っての夏のことだ
とおい母から芭蕉布を送って来た
芭蕉布は母の手織りで
いざりばたの母の姿をおもい出したり
暑いときには芭蕉布に限ると云う
母の言葉をおもい出したりして
沖縄のにおいをなつかしんだものだ

芭蕉布はすぐに仕立てられて
ぼくの着物になったのだが
ただの一度もそれを着ないうちに
二十年も過ぎて今日になったのだ
もちろん失くしたのでもなければ
着惜しみをしているのでもないのだ
出して来たかとおもうと
すぐにまた入れるという風に
質屋さんのおつき合いで
着ている暇がないのだ

喪のある景色

うしろを振りむくと
親である
親のうしろがその親である
その親のそのまたうしろがまたその親の親であるといふやうに
親の親の親ばつかりが
むかしの奥へとつゞいてゐる

まへを見ると
まへは子である
子のまへはその子である
その子のそのまたまへはそのまた子の子であるといふやうに
子の子の子の子の子の子ばつかりが
空の彼方へ消えいるやうに
未来の涯へとつゞいてゐる
こんな景色のなかに
神のバトンが落ちてゐる
血に染まつた地球が落ちてゐる。

告別式

金ばかりを借りて
歩き廻っているうちに
ぼくはある日
死んでしまったのだ
奴もとうとう死んでしまったのかと

人々はそう言いながら
煙を立てに来て
次々に合掌してはぼくの前を立ち去った
こうしてあの世に来てみると
そこにはぼくの長男がいて
むくれた顔して待っているのだ
なにをそんなにむっとしているのだときくと
お盆になっても家からの
ごちそうがなかったとすねているのだ
ぼくはぼくのこの長男の
頭をなでてやったのだが

仏になったものまでも
金のかかることをほしがるのかとおもうと
地球の上で生きるのとおなじみたいで
あの世も
　この世もないみたいなのだ

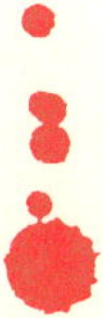

序文

佐藤春夫

山之口貘の詩稿に題す

家はもたぬが正直で愛するに足る青年だ
金にはならぬらしいが詩もつくつてゐる。

南方の孤島から来て
東京でうろついてゐる。　風見たいに。

その男の詩は
枝に鳴る風見たいに自然だ　しみじみと生活の季節を示し
単純で深味のあるものと思ふ。
誰か女房になつてやる奴はゐないか
誰か詩集を出してやる人はゐないか
一九三三年十二月二十八日夜

「思弁の苑」より

序文

金子光晴

日本のほんとうの詩は
山之口君のやうな人達からはじまる

貘君の詩のおもしろさは、(敢て、逆説といはず)考へかたのおもしろさだ。

貘君は、路をまつすぐに歩かない。変な鍵をはづして、まるでちがつた道へでる。それは、かれの策《て》だ。彼の危機は、この術が、常套になつてひとにおぼえられることだが、幸ひ、かれは、ユニックな詩質をもつてゐる。そこで、かれは、この危機を脱する。真理といふ奴が、防腐剤を一つかみ投込んだからである。

貘君は、そんな風にめぐまれたところのある男だ。だから、又、危険性もあるわけだ。

詩は、目下、かれをたのしませて、詩がかけるから当然、生きてゐてもいゝと呑気にかまえさせてゐる。詩が、こつぴどく彼をいぢめるときがこなければ幸ひだ。あまりに詩人ならば、或は、そんな時が来ずにすむかもしれないが、それでは、又、本人が可愛さうでもある。貘君が、質のいゝ詩人と思へばこそ、貘君の前途は大へんだらうと思ふ。たいへんなことをやりだしたねと云ひたくなる。

貘君が生きてゐる。歩いてゐるといふことは、かれが詩をかくといふことと同じくらゐ、もつともなことだと僕には思はれる。僕は、貘君とは、ここ二三年の短い知合ひだし、勿論、至極責任のない友人関係の一人だが、この種の人の自然生活の態度には本質的な共感があるので、そこでこの序文だか跋文だかを書く気になつた。貘君がもし、自殺したら、僕は、猫でも　鳥でも　ななほしてんとう虫でも自殺できるものであるといふ新説を加える。――まあ、それほど　僕のみた貘君は、自然なのだ。（僕の観察がちがつてゐても許されたい。僕は　貘君をさう考へてたのしんでゐるので、それが友人の特典だとも思つてゐる。）足の爪の伸びるやうに　生きてゐるといつてもいゝ。足の爪をかくして、切つてしまふ習慣の人たちの前で、じぶんの爪が反対に伸びてゆくのをくらべて、貘君は、多少、度胸よくふみとゞまつて、そのゆきちがひに　注意を叫びかけたり、権利を主張したり、抗議らしい顔つきをしたり、いやがらかしたり、時には　少少あはてて取材にとびついたりする。序文か跋文で、そんなこと迄云ふ必要がないと思つたら　この條　抹殺して下さい。

貘君によつて人は、生きることを訂正される。まづ　人間が動物であるといふ意味で人間でなければならないといふ、すばらしく寛大な原理にまでかへりつく。そこから　新たにはじまるのが貘さんといふわけだが、貘さんは　新宿の通りを歩いたり　銀座を歩いたりする人間で　むしろ　文明のきり口に敏感なほどふれて、日毎の苦痛――いたく〳〵しいほどの苦痛――に悉くふれて生きてゐるらしい人間なのだ。貘君自然人と文明との大きな戦ひは、これから　本式の幕あきとなるのだから　見物人はあはててはいけない。貘君の詩を理解する上にこの一文が何らかの手引きになればと書いたのだが。

一九三五年七月

「思苑の弁」より

あとがき

編者　田中和雄

山之口貘さんについて茨木のり子さんは「生涯、貧乏神をふりはらうことができず、借金にせめたてられながらも心はいつも王さまのようにゆうゆうと生きぬいた愛すべき詩人」と褒めています。（「貘さんがゆく」童話屋刊）

金子光晴さんも「日本のほんとうの詩は山之口君のような人達からはじまる」（「思弁の苑」序文より）と書き、さらに「貘さんの詩は、まずまちがいない。安心してよませてもらえる。ゆめゆめ、勲章をもらう道具にするような了見がないからであろう。貘さんの詩を読んでいると、こんなにも楽しいのにじぶんの書いた詩となるとみるのも胸くそがわるい。じぶんの詩ががらくたで、貘さんの詩が、すぐれた詩であるせいかもしれない。そして、つくづく貘さんのような詩の書ける人がうらやましくなる。これからも貘さんの詩は、みんなに大事にされるだろう。みんなのこころをほぐし、みんなをらくにしてくれるからで、詩からそれ以上のなにかを得ようなどとするものがいたら、そうとう横着なてあいである。貘さんは第一級の詩人で、その詩は従って第一流の詩である。日本のはえぬきの詩人と言えば、萩原朔太郎、それ以降は、貘さんだろう。その他は僕もふくめて、安ペカな洋品まがいだ。」（「鮪に鰯」小序より要約）と褒めちぎっています。

佐藤春夫さんも「家をもたぬが正直で愛するに足る青年だその男の詩は　枝に鳴る風みたいに自然だ」（「思弁の苑」序文

より）と惜しみなく讃辞を贈っています。

編者はこんな手放しの褒めことばを、これまで見たことはありません。しかも日本を代表する三人の詩人がそろいもそろってベタ褒めとくれば、おおいに心が動き、そのナゾに迫りたいと思いました。

そこで褒め人の一人である茨木のり子さんと生前、貘さんのアンソロジーをご一緒に作りましょうと話し合いました。それならば貘さんの詩を自叙伝ふうに並べよう、というアイデアが出たところで、茨木さんは旅立たれてしまいました。

自叙伝ふうにということであれば、はじまりの詩は「自己紹介」で、おしまいの詩は「告別式」ということになります。あとは貘さんの詩に、自分のはなし、結婚のはなし、貧乏のはなし、女房のはなし、娘のミミコさんのはなし、晩年のはなしを語ってもらうことにして、アンソロジーはできあがりました。

　今は亡き茨木のり子さんに、このアンソロジーを捧げたいと思います。

この詩集は、
「思苑の弁」（むらさき出版部）
「山之口貘詩集」（山雅房）
「鮪に鰯」（原書房）
よりえらびました。

童話屋の本は
お近くの書店でお買い求めいただけます。
弊社へ直接ご注文される場合は
電話・FAXなどでお申し込みください。
電話 03-5305-3391　FAX 03-5305-3392

桃の花が咲いていた

二〇〇七年一〇月一九日初版発行
二〇二二年二月五日第二刷発行
詩　山之口貘
発行者　岡充孝
発行所　株式会社　童話屋
〒166-0016　東京都杉並区成田西二ー五ー八
電話〇三ー五三〇五ー三三九一
製版・印刷・製本　株式会社　精興社
NDC九一一・一六〇頁・一五センチ
落丁・乱丁本はおとりかえします。

ISBN978-4-88747-076-7